Comemos arroz

por **Min Hong**
ilustrado por **Grace Lin**
traducido por **Esther Sarfatti**

Bebop Books
An imprint of LEE & LOW BOOKS Inc.

Nos gusta comer arroz.

Nos gusta comer sopa de arroz.

Nos gusta comer arroz con pollo.

Nos gusta comer arroz con carne.

Nos gusta comer arroz con pescado.

Nos gusta comer arroz con cualquier cosa.

Nos gusta comer arroz todos los días.